CB003382

Só para você

DIRETOR EDITORIAL	Raul Maia Junior
EDITORA EXECUTIVA	Otacília de Freitas
EDITORA RESPONSÁVEL	Pétula Lemos
PREPARAÇÃO DE TEXTO	Renato Potenza
REVISÃO DE PROVAS	Adriana Oliveira Ana Paula Santos
ILUSTRAÇÕES	Lúcia Hiratsuka
CAPA E PROJETO GRÁFICO	Lúcia Hiratsuka
DIAGRAMAÇÃO E ARTE-FINAL	Sandro Silva Pinto Thiago Nieri

Texto em conformidade com as novas regras ortográficas do Acordo da Língua Portuguesa.

Dados Internacionais de Catalogação na Publicação (CIP)
(Câmara Brasileira do Livro, SP, Brasil)

Hiratsuka, Lúcia
Festa no céu: Conto popular do Brasil / Festa no mar: Conto popular do Japão: Lúcia Hiratsuka; [ilustrações da autora]. -- São Paulo: Editora DCL, 2007.

Obras publicadas juntas em sentido inverso.
ISBN 978-85-368-0354-8

1. Contos brasileiros 2. Contos japoneses I. Título.
II. Título: conto popular do Japão : festa no mar.

07-9031 CDD – 869.93
– 895.635

Índices para catálogo sistemático:

1. Contos: Literatura brasileira 869.93
2. Contos: Literatura japonesa 895.635

1ª edição

Editora DCL
Av. Marquês de São Vicente, nº 1619 – 26º andar – Cj. 2612 – Barra Funda
CEP 01139-003 – São Paulo – SP
Tel.: (0xx11) 3932-5222
www.editoradcl.com.br

Conto Popular do Brasil

Festa no Céu

Lúcia Hiratsuka

A notícia se espalhou rápido. Cantoria à vontade? Ninguém para reclamar das algazarras? Mesa farta, bom papo e boa música. Algo melhor? As aves, alvoroçadas, só falavam nessa festa.

Só para você que tem asas

De tanto cochicho aqui e acolá, a tartaruga soube da tal festa. E foi confirmar com o compadre tuiuiú.

— Mas você não vai — disse ele.

— Por que não?

— Ora, sem asas, nem pensar.

Se não sabia voar, a tartaruga sabia pensar. Festa no céu não era para se perder assim. Por uns dias, ficou matutando uma maneira de participar. E uma ideia não demorou.

Na véspera da grande data, a tartaruga foi visitar o compadre urubu, seu vizinho. Ficaram num bom papo, rindo e bebericando uma cachaça.

O dono da casa estava bem-humorado. Também, não era para menos, adorava festa e aquela prometia.

— Ah, uma pena, comadre, que você não participa.

— Lamentável. Mas depois me conte tudo!

— Claro, conto tudinho.

— Então, tá na hora de eu ir pra casa. Boa noite e boa festa.

Despediram-se. O urubu pensava em acordar cedo no dia seguinte. Enquanto isso, a tartaruga fingiu que ia embora e foi se esconder. Era hora de pôr em prática o seu plano.

O dia estava para festa. As aves se preparavam, aprumavam-se. Maritacas, andorinhas, periquitos, tucanos, tuiuiús, biguás, bem--te-vis, pardais, araras, nem se fala, até aves raras. Lá iam em bando, asas ruflando, congestionando o céu por tantos voos.

No salão de nuvens, a cada instante chegavam convidados. Alguns carregando instrumentos musicais, outros tinham o próprio canto. Era uma animação sem igual. Essa festa ficaria na história.

A certa altura, entre muita euforia e cantoria, perceberam. Que ave era aquela? Cara de tartaruga, casco de tartaruga... Mas tartaruga não tem asas. Deve ser alguma ave rara. Ah, deixa pra lá. Tudo estava bom demais.

Festa boa também acaba. Aos poucos, os convidados se retiravam. O urubu também achou que era sua hora... Ia planando, planando rumo à casa. Na ida nada tinha percebido... mas agora, cansado da farra, sentiu o peso da viola.

— Ora, o que houve? Que ruído é esse?

Intrigado, espiou.

No lento voo, como o balançar de uma rede, a tartaruga caiu no sono e até roncava — rrrrrrrrrrrr.

— Mas que danada! Então era isso? Bem que desconfiei... Vai ver só, sua espertinha.

O urubu chacoalhou o instrumento. A tartaruga ainda tentou segurar, desesperada. Mas a viola chacoalhava e chacoalhava. E a tartaruga despencou do alto.

— Ai, ui... Deus me acuda!

Não deu tempo para nada, tinha uma pedra enorme lá embaixo. A tartaruga se espatifou.

Mas,

não morreu.

Só para você

Arquivo Pessoal

Os meus primeiros rabiscos foram peixes no chão de terra. Nesse mesmo quintal, eu e meus irmãos ouvíamos histórias pela voz da minha avó. Ela nos conduzia até o maravilhoso e lendário Castelo do Rei Dragão, o paraíso no fundo do mar. Ouvia histórias, desenhava e sonhava um dia trabalhar com isso. Acho que venho realizando esse sonho. Cada dia um pouquinho.

Faz tempo que estudo e coleciono os contos populares do Japão. E pensei: por que não juntar uma história japonesa e uma brasileira num único livro? Foi então que surgiu: *Festa no Céu/Festa no Mar*.

Para ilustrar, eu me inspirei nas coisas da roça que conheço bem: o lampião, a cadeira de palha, fogão a lenha, as comidas do interior... Pintei com aquarela e guache, com algumas pinceladas em *sumiê* (técnica tradicional japonesa que pratico).

Nos meus passeios pela memória do meu quintal, encontro mil ideias. Desde o meu primeiro peixe, nunca mais parei de criar. Quero continuar a viver entre os peixes.

Lúcia Hiratsuka

Conto Popular do Japão

Festa no Mar

Lúcia Hiratsuka

O macaco e a tartaruga eram muito amigos.

Na praia dos pinheirais, os dois passavam horas conversando. E foi num dia desses que a tartaruga deixou escapar:

— O Castelo do Rei Dragão é lindo demais.

— Como é? Me conta!

— Não dá para descrever. Aposto que nem em sonho você viu igual.

Depois dessa conversa, o macaco ficou morrendo de vontade de conhecer o Reino do Fundo do Mar. E pediu:

— Amiga, você bem que podia me levar para esse castelo.

— Não posso. Lá só entram seres do mar.

— Peça permissão especial ao Rei Dragão.

— Acho difícil. Vou ver o que posso fazer.

No Reino do Fundo do Mar, um problema preocupava os moradores. A bela Princesa, filha do Rei Dragão, encontrava-se adoentada, sem sinais de melhora. Um peixinho vermelho aproximou-se da tartaruga, todo agitado.

— O Rei Dragão quer falar com você. Depressa, depressa!

A tartaruga seguiu o peixe por entre as colunas onde cintilavam conchas e pérolas. Logo estavam diante do grande senhor daquele reino.

— Tenho notícias de que você anda se encontrando com um macaco — disse ele, com a cara amarrada de preocupação. E completou... — Dê um jeito de trazê-lo para cá.

— Como, senhor?

— Os médicos dizem que só há um remédio para curar a princesa: fígado de macaco.

— Mas... Mas, senhor...

— Obedeça! É a vida da Princesa. Diga que vai ter uma festa no mar e ele será o convidado de honra.

— Sim, senhor.

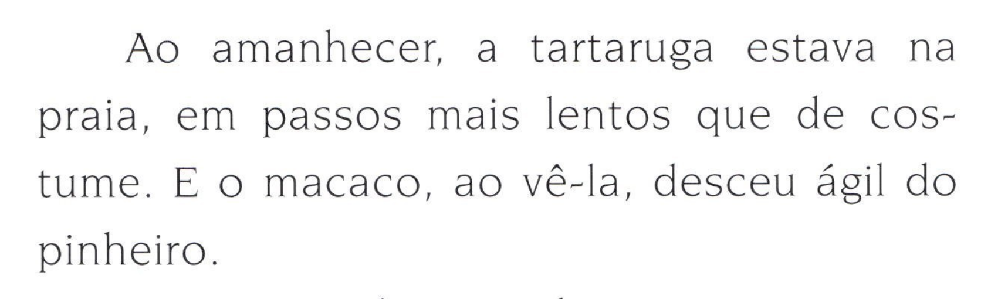

Ao amanhecer, a tartaruga estava na praia, em passos mais lentos que de costume. E o macaco, ao vê-la, desceu ágil do pinheiro.

— Boas notícias — disse a tartaruga. — Teremos uma festa no mar e o Rei mandou convidá-lo.

— Vou conhecer o Reino do Fundo do Mar?

— Hoje mesmo.

— Então, vamos! O que estamos esperando? — perguntou o macaco pulando depressa sobre o casco da tartaruga. E assim partiram.

Encantado com o espetáculo das águas, o macaco ia tagarelando, enquanto a tartaruga seguia, quieta, preocupada com o destino do amigo. Mas o que fazer? Eram ordens do grande senhor do mar.

Uma música suave espalhou-se pelo jardim de corais e o maravilhoso castelo abria o seu portão.

— Chegamos?

— Seja bem-vindo à festa no fundo do mar. O senhor é um convidado muito importante — os seres das águas, que o recebiam, eram só gentilezas.

As batidas dos *taikos* anunciaram o ilustre visitante. Os peixinhos começaram a dançar ao som alegre do *shamisen* que se misturava com o suave dedilhado do *koto* e o forte sopro do *shakuhachi*.

— Nunca poderia imaginar! — dizia o macaco querendo ver mais. Ia pelo corredor de colunas peroladas admirando os jardins, maravilhado com tantos encantos. E uma voz chamou sua atenção. Curioso, escondeu-se para ouvir melhor. Uma água-viva falava com sua filhinha.

— Hoje é um dia especial!

— Por que, mamãe?

— Teremos o fígado de um macaco, remédio para a Princesa. Ela vai se curar!

O macaco se assustou. Onde estaria a tartaruga?

Procurou e foi encontrá-la no jardim de corais.

— Amiga, preciso voltar.

— Mas a festa nem começou.

— Esqueci o meu fígado. Deixei-o num galho tomando sol. Se não me apressar, vai secar e morrer.

— Então, vamos. Vamos já.

"Ai se o Rei Dragão descobre isso...", pensou a tartaruga, e foi depressa em direção à praia, levando o ilustre visitante. Assim que chegaram, o macaco pulou para a areia e lépido subiu num dos pinheiros.

— Ei, amigo! Achou o que procurava? — gritou a tartaruga lá de baixo.

— Ha, ha, ha! Era mentira. Nunca mais volto para o fundo do mar. Não quero perder meu fígado!

E o macaco sumiu por entre os galhos.

A tartaruga, sem outro jeito, voltou cabisbaixa. "O que dirá o Rei?", pensou. Chegando ao castelo, todos perguntaram pelo paradeiro do macaco:

— Como? Você o deixou escapar?

Os habitantes do mar se enfureceram. E descarregaram toda a ira também sobre a água-viva, que deixou o segredo escapar.

A tartaruga? Foram tantas as pancadas que se sentiu em mil pedaços.

Mas,

não morreu.